Date: 8/27/18

SP E TOMLIN
Tomlin, Chris,
Buen buen padre /

De:

_____

Para:

_____

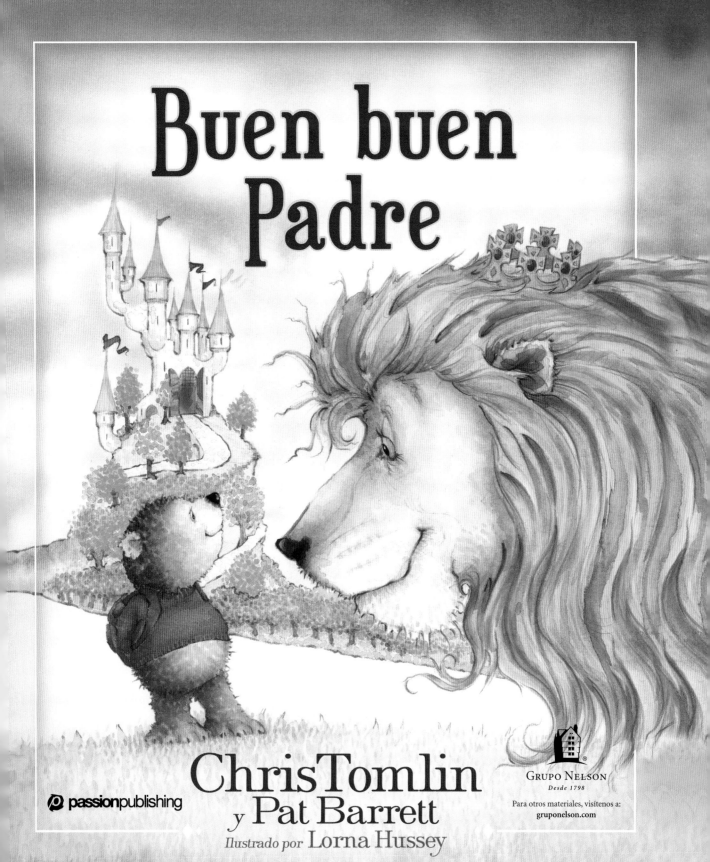

Buen buen Padre

ChrisTomlin
y Pat Barrett
Ilustrado por Lorna Hussey

passionpublishing

GRUPO NELSON
Desde 1798

Para otros materiales, visítenos a:
gruponelson.com

Editora en Jefe: *Graciela Lelli*
Traducción: *Pedro López*
Adaptación del diseño al español: *Mauricio Diaz*
Ilustrado por: *Lorna Hussey*

ISBN-13: 978-0-71809-783-7

Impreso en China
17 18 19 20 21 DSC 6 5 4 3 2 1

Carta a los lectores

Desde el momento en que yo (Chris) escuché el primer verso de la canción *Buen buen Padre* escrita por Pat Barrett y Tony Brown, la letra me impactó de una manera muy especial. Todos tenemos una imagen mental de cómo es Dios, y esta imagen conforma nuestra fe.

Como padres, Pat y yo queremos que nuestros hijos entiendan que Dios no es un ser distante. De hecho, a Dios se le describe a menudo como un Padre. Que concepto más maravilloso para que los niños y las niñas entiendan desde una edad temprana. De este sentimiento Pat y yo redactamos la historia de Tucker, un osito necesitado de la ayuda de un buen Rey que vive en un palacio donde las puertas siempre están abiertas.

Esperamos que cuando leas *Buen buen Padre* a los niños en tu vida, se conmueva tu corazón. Pero, además, esperamos que experimentes la bondad de nuestro buen, buen Padre y su amor por ti y esos pequeños.

Chris Tomlin
Pat Barrett

Una cometa de colores surcaba el cielo, y de repente ¡zas!, se quedó colgada de la rama de una encina.

—No te preocupes. Yo puedo ayudarte —dijo Tucker tirando de la cometa de un lado a otro.

Tucker era un osito pequeño. Ayudar a otros le hacía feliz... y sus amigos requerían mucha ayuda.

Algunos ositos estaban siempre peleándose...

Otros ositos estaban enfermos...

Otros ositos no sabían leer...

Otros ositos tenían hambre...

Y algunos ositos estaban tristes...

Tucker no sabía
cómo podía ayudar
a sus amiguitos.

—¡Le pediré ayuda al Rey! —Exclamó
Tucker—. Quizás, si le llevo el regalo perfecto,
él nos ayudará.

Así Tucker comenzó su travesía para ver al
buen Rey quien vivía en el castillo donde las
puertas siempre estaban abiertas.

No pasó mucho cuando un grupo de mapaches grandes y fuertes le bloquearon el sendero.

—¡Para! —Ordenó uno de los mapaches—. ¿Qué es lo que quieres?

—Qui-qui-quiero llevarle al Rey el regalo perfecto, pe-pero no sé qué regalarle —replicó Tucker.

—El Rey es un buen guerrero —dijo el mapache—. ¿Por qué no le regalas un escudo?

—¡El Rey te mantendrá a salvo! —coreografiaron los otros mapaches.

Más adelante por el camino, un búho se posó delante de Tucker.

—Uh, uh —ululó el búho—. ¿Qué te gustaría saber?

—Quiero averiguar cuál sería el regalo perfecto para llevarle al rey —replicó Tucker.

—El Rey enseña por medio de su sabio libro —el búho le dijo—. Estoy seguro que apreciaría algo para leer.

—Ve a ver al Rey. Él es un buen maestro —ululó el búho mientras Tucker seguía su camino.

Mientras caminaba se percibió de unos zorros que llevaban largas batas blancas.

—¿Cómo te encuentras? —preguntó uno de los zorros preocupado.

—Estoy bien, pero algunos de los ositos de mi pueblo están enfermos —contestó Tucker—. Me dirijo a ver al Rey y pedirle ayuda.

—Toma estas vendas como regalo —dijo el zorro—. El Rey es un buen doctor.

Más confuso que nunca. Tucker se sentó para descansar.

—¿Has venido para comer un bocadillo? —una ardilla preguntó.

—En realidad estoy buscando el regalo perfecto para llevarle al Rey —Explicó Tucker, mirando por todas partes—. ¡Guau! Tienes muchas frutas y verduras que parecen deliciosas.

—¿Por qué no le llevas al
Rey estas semillas? —Sugirió
la ardillita—. El rey es un
buen granjero. Él te ayudará a
cultivar alimentos.

A lo lejos Tucker escuchó música… y cantos… y risas.
Siguió los sonidos hasta que se topó con
unas tortugas felices.

—¡Acompáñanos, es tu turno! ¡A este grupo de tortugas les encanta bailar! —una tortuga cantaba—. Antes estábamos tristes. Pero ahora, todo es una celebración gracias al Rey.

—¿Qué regalo piensas que le gustará? —preguntó Tucker.

—Llévale al Rey este violín —dijo la tortuga—. Él es un buen músico. El Rey te hará feliz.

Todos los animales que Tucker conoció le habían contado historias diferentes acerca del Rey y cuál sería el regalo perfecto. Pero Tucker seguía sin saber que regalarle.

Levanto la mirada al castillo en lo alto de la elevada colina. Como siempre antes, la puerta estaba abierta de par en par.

Tucker caminó de puntillas hacia la puerta abierta.

—¡Tucker! —el Rey corrió a él con una gran sonrisa—. Estoy muy contento de que hayas venido. Me parece que necesitas mi ayuda.

—Mis amigos están en dificultades, y pensé que si te trajera el regalo perfecto, tú nos ayudarías —explicó Tucker tímidamente.

—¡Me has traído el regalo *perfecto*! —dijo el Rey con gran amor—. Ahora, vayamos a ayudar a tus amigos.

Tucker no sabía cuál regalo era el regalo perfecto. Aun así, se apresuró a ir con el Rey.

En su viaje de regreso al pueblecito de los osos, Tucker no paraba de hacer preguntas.

—¿Eres un guerrero?
—Sí —, respondió el Rey.

—¿Eres un maestro?
—Sí —, repitió el Rey.

—¿Eres un doctor?

—¿Eres un granjero?

—¿Eres un músico?

—Sí, sí y sí —, replicó pacientemente el Rey.

—Pero, ¿cómo puedes ser todas esas cosas a la vez? —preguntó el osito.

—Soy todas estas cosas porque soy un buen Padre —dijo el Rey sonriendo.

Tucker no entendió.

Pronto, el Rey y el osito llegaron al pueblecito de Tucker. Cuando los ositos vieron al Rey, uno tras otro se postraron ante él. El Rey pasó por el pueblo y ayudó a todos los que necesitaban su ayuda.

Pero sobre todo, el Rey, el buen Padre, los amó.

Tucker le dijo al Rey:

—¡Ahora veo! No solo eres un buen Padre, eres un buen *buen* Padre.

Un buen buen Padre nos protege.

Un buen buen Padre nos enseña.

Un buen buen Padre nos hace sentir bien.

Un buen buen Padre nos da lo que necesitamos.

Un buen buen Padre llena la vida con música y risa.

Y sobre todo, un buen buen Padre nos ama.

—Querido Rey, una pregunta
más. ¿Cuál regalo era el regalo
perfecto? —preguntó Tucker.

—*Tú* eres el regalo perfecto —le dijo el Rey al osito—. Viniste a mí cuando necesitabas ayuda. Confiaste en mí. Me das gran gozo, y te amo con todo mi corazón, de la misma manera que amo a todos mis hijos.

Tucker, se acurrucó con los ojitos adormecidos y de todo corazón murmuró:

—De veras eres un buen buen Padre.